젤소미나가 사는
집

젤소미나가 사는
집

신영배 시집

2022
문학실험실

신영배

제1부: 서커스가 왜 이렇게 안 끝나지?

제2부 : 연속과 포말

제1부

•

서커스가 왜 이렇게 안 끝나지?

—

집 · 구멍

집

해변에 닿을 것이다.

구멍

문들이 사라지고 집엔 구멍이 하나 생겼다. 머리통 하나 들어갈 만한 구멍. 집을 나갈 때 구멍은 나름대로 문의 구실을 했지만 더 이상 머릿속엔 문이 떠오르지 않고, 밖으로 나가지 않았다.

머리맡에 구멍을 두고 잠이 들었다. 귀 옆에 검은 달이 뜬 밤. 이제는 불어도 소리 나지 않는 악기를 돌아보았다. 둥근 악기 그림자가 뛰어오르는 동시에 악기 위에서 소녀가 뛰어내렸다. 두 다리가 꺾인 어릿광대, 그녀, 젤소미나를 밖으로 내보냈다. 돌아올 때 젤소미나는 문을 열 것이다.

당신의 집에 있는 구멍은 어떤가요? 편지를 쓰고, 부치지 않았다.

사람들이 들어가 있는 그 구멍들은 어떤지, 스마트폰을 구멍 속에 켜두고 뉴스와 유튜브와 온라인 중계되는 연극을 보았다.

구멍 속에 천막이 보였다. 끌어내자 불에 타오르는 천막. 젤소미나가 날아오르던 서커스 천막이 불로 왔나. 이 불은 어떤 악기를 태웠나. 귀, 흰 재의 밤. 젤소미나는 돌아오지 않고,

구멍 속으로 구두가 왔다. 매 맞다가 도망친 천막의 뒤쪽, 살해를 목격한 무대 위, 주검들이 방치된 길가, 봉쇄된 해변. 그곳에서 온 구두.

구멍 속에 머리를 집어넣었다가 빼자 식료품들이 쏟아졌다. 식료품에 딸려서 텅 빈 책이 왔다.

이 책은 구멍이 참 크구나.

구멍 속으로는 안개도 들어오고 황사도 들어왔다. 도시 전체가 구멍으로 덮인 이야기도 들어왔다. 구멍에 긴 어느 끔찍한 머리 이야기도 들어왔다.

구두를 신어 보았다. 그곳에서 온 구두. 그곳으로 갈 구두. 젤소미나의 구두. 그녀가 아팠던 그곳으로 가서

똑같이 아파보는 구두. 이곳도 똑같이 아프다고 울어보
는 구두.

　악기를 구멍에 대고 불었다. 귀 옆에서 검은 달이 점
점 커졌다.

　이제는 소리 나지 않는 단어를 밖으로 내보냈다. 긴
문장들이 딸려 나갔다

1·2·3·4·해변

1

이사에 따라다니는 사물. 매끄럽게 두 발이 나오는 사물. 그 사물로부터 흘러내린 젤소미나.

2

시집이 젤소미나를 이야기한다. 젤소미나가 쓰러지는 풍경. 시집이 쓰러지며 이야기한다.

나는 이사와 함께 젤소미나를 만났다. 시집은 오늘의 일. 시집이 젤소미나와 쓰러지는 것은 오늘의 집.

3

마스크를 쓰고 사람들을 만났다. 이사를 이야기하기 위해 만났다. 만나서 이사 이야기만 했다. 이사를 해야만 하는 이야기, 불가능한 이사 이야기, 이사만이 유일

한 전략, 텅 빈 이야기. "젤소미나가 트럼펫을 분단 말이
지? 해변의 방향으로." 그날의 이사 이야기. 이후로 방
역 4단계가 되고 나는 아무도 만나지 않았다.

4

젤소미나가 살고 있다. 내가 살고 있는 집. 우리의 동
거는 창문을 하나 갖는다. 멀리 푸른 점들이 보이는 창
문. 푸른 달이 뜨고 손끝에도 가슴에도 놓이는 점들.

해변

번화한 도시의 지하 카페에서 스물아홉 살 내가 일을
하고 있다. 그 카페는 오래전에 사라졌고 지하로 내려가
는 계단도 메워졌다. 그래서 이것은 그 카페가 지하를
떠도는 이야기. 카페의 한쪽 창문을 열면 펼쳐지는 해
변 이야기. 그리고 지금 열어야 하는 창문 이야기. "이사
를 해야 해요." 나의 유일한 말. "이사를 해야 해요." 카
페에선 술을 팔았다. 나는 안주와 잔을 날랐다. 테이블
위에선 잔이 깨지고 얼굴이 떨어져 내렸다. 카페는 기
울고 문을 닫아야 했다. 모든 것이 어둠에 덮이자 사장
은 카페에서 아무거나 하나 가져가라고 했다. 나는 미리

생각해둔 것을 말했다. 젤소미나를 데려가겠다! 모두들 젤소미나를 바라보았다. 벽에 걸린 그림, 맞아서 뭉개진 얼굴과 찢어진 입술, 광대, 영화의 한 장면에서 튀어나온 젤소미나, 그리고 지금, 점령군이 도시를 지나며 창문에 걸어둔 여자. 나는 그녀를 안았다.

창문 밖에는 두 개의 푸른 점이 있었다. 쓰러진 것과 단지 푸른 것.

서커스·5·6·7·8

서커스

젤소미나! 젤소미나! 해변이 그녀를 부르는 소리.

젤소미나는 유랑극단의 차력사 잠파노에게 팔렸다. 비 새는 지붕 때문에, 배곯는 자식들 때문에 어머니는 젤소미나를 팔았다.

안녕! 해변. 나는 예술가가 될 거야. 그러기 위해선 떠나야 하지. 주머니 속 물방울들을 하나씩 떨어뜨릴 거야. 눈을 크게 뜨고, 안녕? 해변! 길은 해변에서 해변으로 이어지지.

길을 가는 마차 안에서 한 여자아이가 팔에 얼굴을 묻고 흐느껴 우네. 오오, 젤소미나, 가엾은 외돌토리야. 손님 쪽으로 가거라. 그러고는 웃는 거다. 너의 낡아빠진 북을 잡고 세 번 돌아라. 그리고 나서 슬픈 꼭두각시야, 껑충 뛰는 거다. 태양이 비쳐도 비가 와도 언제나 너

는 미친 소리를 지껄여라. (1954년, 이탈리아 영화 〈길〉의 주제곡)

서커스가 끝나면 잠파노는 그녀를 때렸다. 서커스가 끝나지 않아도 때렸다. 눈이 피에로 눈이 되도록, 코가 피에로 코가 되도록 때렸다. 그녀가 작은북을 치면 작은 북으로 때렸다. 그녀가 트럼펫을 불면 트럼펫으로 때렸다. 그녀가 사랑을 고백하면 주둥이를 걷어찼다. 어디부터 어디까지가 서커슨가요? 그녀의 피에로 입술이 붉게 흘러내렸다.

5

안녕! 해변. 나는 예술가가 될 거야. 그러기 위해선 떠나야 하지. 주머니 속 물방울들을 하나씩 떨어뜨릴 거야. 눈을 크게 뜨고, 안녕? 해변! 길은 해변에서 해변으로 이어지지.

6

교제 때문에, 말 때문에, 둔기의 행방 때문에, 살인 때문에, 심신 미약 때문에, 위로금 때문에, 징역 6년 때문에,

7

끝나지 않는 겨울 때문에, 러시아 군인들이 데려간 우크라이나 아이들 때문에, 방패 때문에, 그 아이들의 주머니 때문에, 떨어뜨릴 게 아무것도 들어 있지 않을 그 주머니 때문에, 내가 찾을 수 없는 어떤 물방울 때문에,

8

껑충 뛰는 거다. 태양이 비쳐도 비가 와도 언제나 너는 미친 소리를 지껄여라.

9·10·유랑·11·12

9

젤소미나가 죽은 해변이다. 시집이 젤소미나를 이야기한다. 멜로디와 망토는 바닷물에 젖어서 해초 같았대. 멜로디와 중절모는 밤바다를 끌고 멀리 갔다가 돌아왔대. 멜로디와 구두는 끝없이 끝없이 걸었대.

10

푸른빛의 패널이 카페에 걸려 있었다. 페데리코 펠리니의 영화 〈길〉의 포스터였다. 그 속에 젤소미나가 있었다. 중절모를 쓰고 망토를 두르고 작은북을 들고, 해변에 다다른 광대. 나는 그 그림이 마음에 들었다. 끝, 물기, 줄, 멜로디. 그리고 그녀가 나 같아서, 나처럼 해진 구두를 신고 있어서, 나도 해변에 섰다. 지하 카페였다. 그도 그 그림이 마음에 든다고 했다. 그녀가 나 같아서,

해진 구두와 돈 이야기.

나는 그와 이사 이야기를 끝냈다. 카페를 그만둘 것이며, 떠날 것이며, 돈은 필요 없다고. 그런 뒤 그 영화 포스터 패널을 들고 카페를 나왔다.

나는 젤소미나와 살았다. 그 영화 포스터는 작은 원룸의 창가에도 걸렸고, 반지하 침실에도 걸렸고, 바다 쪽 책상 위에도 걸렸다. 연인을 초대한 식탁 위에도, 결별의 어두운 현관에도 걸렸다.

유랑

이 집이 마음에 들어. 젤소미나가 사는 집. 허공에 줄을 치는 집. 줄 그림자를 따라 토마토 씨앗을 뿌리는 집. 머물 수 없는 집. 줄을 걷고 떠나는 집. 이 집이 마음에 들어. 다시 돌아갈 수 없는 집. 영원히 토마토가 열리지 않는 집. 젤소미나가 죽을 집. 해변에서 해변으로 이어지는 집. 몸은 말이 되고 말은 집이 되고 쓰러지는 집. 이 집이 마음에 들어. 한줄기 물이 되는 집. 흐르는 집. 사람 사는 마을로 흘러드는 집. 빛의 천막. 해변을 연주하는 서커스. 이 집이 마음에 들어.

11

밤. 길. 달에 걸어두는 천막, 집.

12

나는 광대 젤소미나와 살았다. 아주 가난한 사물 하
나를 공중에 띄우고 눈을 감으면 해변이었다.

밤·13

밤

　이사를 다녔다. 아침이 왜 이렇게 안 오지? 이사하기
전날이었다. 아침이 오면 이삿짐에서 낡은 영화 포스터
패널을 빼 버릴 생각이었다. 아침이 왜 이렇게 안 오지?
아침이 오면 영화 포스터 패널 속 젤소미나에게서 돌아
설 생각이었다. 20년이 흘렀다. 매일 이사하기 전날이
다. 아침이 오면 영화 속, 전쟁이 끝나지 않는 도시에서,
여기, 지하 창고에서, 젤소미나를 꺼낼 것이다. 아침이
왜 이렇게 안 오지? 아침이 오면 젤소미나를 세워둘 것
이다. 굽어진 골목 끝에, 광대의 망토를 곱게 접어놓고,
버리고, 갈 것이다. 아침이 왜 이렇게 안 오지? 아침이
오면 나는 광대의 모자를 벗고, 광대의 구두를 벗고, 입
었던 푸른 몸과 헤어지며, 갈 것이다. 아침이 왜 이렇게
안 오지? 아침이 오면 나는 나의 젤소미나를 외면할 것

이다. 밤이라는, 암흑이라는, 쇠퇴라는, 여기. 왜 이렇게
아침이 안 오지? 매일 이사하기 전날이다. 왜 이렇게 아
침이 안 오지? 정말 아침이 오면 함께 사는 젤소미나를
나는 모를 것이다. 그래서 시를 포기하는 아침을 쓸 것
이다. 아침이 왜 이렇게 안 오지? 서커스가 왜 이렇게 안
끝나지?

13

젤소미나가 작은북을 친다. 차르르. 차르르.

14·15·16·17·18·모빌

14

이사 이야기를 꺼내자 A는 공중으로 떴다. 벤치에 나
란히 앉아 도시의 불빛을 바라볼 때였다. 내가 꺼낸 것
은 필요 없는 시 이야기였다. 우리 사이엔 빛나는 단어
가 없었다. A와 헤어지며 나는 공중으로 떴다. 매일 쓰
러지는 이야기. 나는 쓸 수 없다.

15

차르르. 차르르. 작은북 소리. 젤소미나가 문을 여는
소리. 방금 일어선 다리와 방금 눈을 뜬 단어가 함께 오
는 소리.

16

이것은 해변 이야기. 매 맞는 광대 젤소미나, 돈에 팔

리고 사랑에 농락당하고 길가에 버려지고 마침내는 미쳐서 해변으로 가는 젤소미나, 미친 말을 지껄이는 젤소미나, 길을 노래하는 젤소미나. 멜로디 해변. 그곳의 예술가.

17

나는 젤소미나와 떠날 수 있다. 이시할 수 있다. 여기에서 다시 여기로. 이 시에서 다시 이 시로. 나는 쓸 수 있다.

18

젤소미나가 나를 집 밖으로 내보냈다. 나는 마스크를 쓰고 영화관을 기웃거렸다. 식료품을 사기 위해 길을 건넜다. 돌아갈 때 문을 열 것이다. 해변으로 갈 수 있다. 그 문.

모빌
마스크가 한 장 한 장 떠 있다
어둠 속에 한 사람 한 사람 서 있다
매일 갇히는 골목이다

모르는 여자였다

영화관 앞 버스 정류장에 서 있었다

그녀와 나는 같은 영화를 보고 나왔는데

모르는 여자였다

한 상영관에서 서로 멀리 떨어져 있었다

모르는 여자였다

나란히 버스를 기다리는 동안에도

그 영화를 본 이후이므로

얼굴에 쓴 마스크 때문에

모르는 여자였다

영화 속에 나온 버스가 다가왔다

가볍게 종잇장처럼

그녀가 그 버스 위에 떴다

나는 버스가 사라지는 영화의 마지막 장면을 보았다

도로를 사이에 두고 서점과 카페가 있었다

신호가 바뀌길 기다리며 횡단보도 앞이었다

건너편에 서 있는 그를 보았다

외투와 머리를 만지는 손

내가 가만히 사랑한 형태

그도 나를 보았다
마스크를 가뜩 올려서 썼다
신호가 바뀌고
그가 다가오는 순간 나는 떴다
내가 다가가는 순간 그도 떴다
그가 서점 위에 떴고,
그 서점에서 멀리, 깊은, 검고 상한, 물과 공기,
카페 위에 내가 떴다

매일 갇히는 골목이다

여기에서 여기로, 다시 여기로

창가에 엎드려 시를 썼다
고개를 들었을 때
창문 밖 위쪽에 두 발이 떠 있었다
방금 시 속에서 쓰러진 젤소미나의 발
텅 빈 젤소미나의 발
헤어지는 젤소미나의 발
트럼펫 소리와 함께

해변에 떨어질 젤소미나의 발
나는 창문을 열었다
뛰어올라 젤소미나의 발을 잡고 떴다

바람과 구름과 한 사람 한 사람 서 있다

19·산책·20·21

19

자전거 앞바퀴에서 바람이 빠지기 시작했다. 뒷바퀴
는 타이어 한군데가 불룩하게 튀어나왔다. 오래된 일이
었고 그냥 놔두었다. 어디로 갈 수 있을까. 달릴 수 있을
까. 누워 있다. 두 다리는.

재난 지원금으로 타이어와 튜브를 갈았다.

산책

자전거를 끌며 걸었다. 아스팔트와 숲이 나란히 이어
진 길. 끝에서 해안 도로가 펼쳐진다.

길엔 공사장이 있다. 다 짜인 골조에 빈 공간마다 천
막이 쳐져 있고, 공사는 멈추었다. 2년 넘게 어둡다. 흉
물이 되어가는 그곳에서 가끔 차 한 대가 나온다. 이곳
을 지나며 나는 혹시 끌려가는 게 아닐까. 가서 당하는

게 아닐까. 그래도 아무도 모를 이곳. 어둠과 등 뒤.

그리고 눈앞. 전쟁이 일어난 나라에선 소녀들이 긴 머리카락을 자른다. 그림자도 자른다. 그림자 속엔 군인과 끌리는 긴 머리채와 소녀. 그 그림자 이야기는 나의 전생 같고, 머리채가 잡혀 전생 속으로 끌려 들어가는 이 길. 그림자를 끊고 달아나도 이 길.

나는 어떤 재난에 휩싸인 걸까. 이건 산책이 아니다.

20

집에는 모빌의 여자가 나타난다. 그 여자는 티브이와 함께 모빌이 되었다. 티브이 속에선 살해당하는 사람들, 아이들, 개들, 일하다가 눌려 죽거나 빨려 들어가 죽거나 떨어져 죽는 사람들. 끝나지 않거나 시작되는 전쟁 속 사람들. 그 악몽티브이를 목 위에 달고 공중에 뜬 여자. 모빌의 여자.

21

걸어도 걸어도 해안 도로에 닿지 않는다. 비명을 채집하려고 숲 앞에 서다. 그러다가 숲속 모빌이 된 여자 이야기. 이건 산책이 아니다.

길

부모의 학대로 이미 소녀는 죽어 있었다고 했다
내가 사는 집과 붙어 있는 소녀의 집
이미 나의 다리는 쓸모없는 것이었다고 진술해야 했다

잤어요
자면서 흘렀어요
달

쓰러지면 일어서고
쓰러지면 일어서고

나는 물—다리로 걸어간다

줄·22·23·24·9

줄

눈을 뜨니 밤이었다. 잠파노는 그녀를 버리고 떠났다. 길 위였다. 줄 위였다. 그녀는 외톨이 광대 젤소미나. 서커스를 때려치울 수 있다. 마지막 서커스다. 망토를 부풀리고 걸었다. 길 위다. 줄 위다. 집에 닿았다. 불에 타오르는 집. 전쟁 속의 집. 쓰러졌다. 줄에서 떨어졌다. 중절모를 공중으로 높이 띄웠다. 길을 걸었다. 줄을 걸었다. 마지막 서커스다. 마을에 닿았다. 재에 덮인 마을. 재속으로 사람들이 사라졌다. 전쟁이 끝나지 않는다. 쓰러졌다. 줄에서 떨어졌다. 해진 구두를 신고 춤을 추었다. 길을 걸었다. 줄을 걸었다. 순간 하얗게 타버린 줄. 마지막 서커스다.

22

집에선 모빌의 여자가 산다. 그녀는 목 위에 악몽티브이를 얹고 공중에 떠 있다. 나와 젤소미나는 악몽티브이를 본다. 우리는 같이 산다.

23

모빌의 여자는 가끔씩 해변에 닿는다. 꿈 이야기이기도 하고 바람 이야기이기도 하다. 그래서 그 여자는 멸종 위기종 저어새와 날기도 한다. 죽어가는 이야기이기도 하고 다잉 메시지이기도 하다.

24

9층에서 사람이 죽었대. 2주 지나서 발견되었대. 공원을 한 바퀴 돌다가 할머니 두 분이 하는 이야기를 들었다. 9층. 나는 모른다. 2주 지나는 동안 9층. 모른다. 내가 사는 곳은 10층. 문 앞에 아무것도 안 쌓여 있으니 모르지. 아무도 안 왔으니 모르지. 공원을 한 바퀴 더 돌며 할머니들 말을 들었다. 나도 모른다. 9층 문 앞. 오지 않는 사람들. 내 문 앞엔 택배로 오는 책들이 조금 쌓일까? 오지 않는 한 사람이 쌓일까? 공원을 한 바퀴 더 돌

왔다. 시체 썩는 냄새가 꼭대기 층까지 올라왔대. 보행기를 밀며 지나가는 할머니들. 나는 모른다.

9

젤소미나가 죽은 해변이다. 시집이 젤소미나를 이야기한다. 멜로디와 망토는 바닷물에 젖어서 해초 같았대. 멜로디와 중절모는 밤바다를 끌고 멀리 갔다가 돌아왔대. 멜로디와 구두는 끝없이 끝없이 걸었대.

이사·25·26·27·5

이사

이사는 서커스야. 젤소미나가 말한다. 차르르. 차르르. 젤소미나가 작은북을 친다. 그동안 나는 짐을 쌌다. 나는 젤소미나와 이사를 간다. 갈 수 있다. 우리가 떨어진다면 이사는 끝나겠지? 서커스를 망칠 셈이야? 젤소미나가 작은북을 친다.

차르르 전진한다. 나는 까르르 웃는다. 차르르 돌진한다. 젤소미나는 조금 모자란다. 아이처럼 모자란다. 차르르 타버린다. 좋아! 불 지를 집을 향해 앞으로! 나와 젤소미나는 조금 모자란다.

우리는 꽁꽁 묶여 있는 게 아닐까. 지적 장애가 있고 매를 맞는다. 맞았다. 계속 맞을 것이다. 그러니까 우리는 앞으로!

나를 때린 사람들을 모두 집으로 초대할 거다. 나와

같은 아이를 때린 사람들을 모두 집으로 초대할 거다.
소리 지르는 식탁을 내밀 거다. 마구 접시를 떨어뜨릴
거다. 그런 뒤 성냥불로 태워버릴 거다. 모조리 차르르.

그리고 뛰어내리는 거다. 불타오르는 줄에서. 그리고
떠도는 거다. 연기와 함께 차르르. 재와 함께 차르르.

차르르. 이건 물소리. 차르르. 차르르. 젤소미나가 치
는 작은북. 이건 이사의 비밀.

25

해변의 이쪽은 상현의 낮달. 해변의 저쪽은 붉게 풀
린 태양. 멋진 줄이다. 젤소미나야, 작은북을 치렴. 나는
고양이처럼 뛰어올라 줄을 탈 거야.

26

동네 사람 누군가 길고양이를 죽였다. 밤에 운다고
죽였다. 죽여서 길 한복판에 내놓았다. 고양이 밥을 주
러 가던 여자와 고양이를 묻으려고 삽을 든 남자와 나
의 산책과 작은북을 든 젤소미나. 밤이 오고 길고양이
들이 울었다. 이사를 가느라 울던 밤들이 나에게 오고,
오고,

27

집 창문에는 그림자가 비친다. 모빌의 여자와 모빌의 고양이가 공중에서 만난다. 작은 아이가 모빌이 되어 여자와 고양이를 만난다. 밤에 울었던 이야기가 그림자들을 가만히 흔든다.

5

안녕! 해변. 나는 예술가가 될 거야. 그러기 위해선 떠나야 하지. 주머니 속 물방울들을 하나씩 떨어뜨릴 거야. 눈을 크게 뜨고, 안녕? 해변! 길은 해변에서 해변으로 이어지지.

28 · 29 · 30 · 돼지

28

젤소미나가 시집을 이야기한다. 차르르. 차르르. 작은
북을 친다.

29

시집이 비행을 저지르기 시작했을 때 나는 밖으로 나
갔다. 그리고 시집을 미행하기 시작했다. 이 비행과 미
행 사이엔 젤소미나가 작은북을 치며 등장한다.

30

대형 마트 정육 코너에 서 있었다. 고기 앞에서 한 번
생각했다. 한 무리의 여자들이 피켓을 들고 몰려왔다.
그녀들은 포장된 고기 위에 흰 국화를 한 송이씩 올려
놓고 애도했다. 그런 뒤 노래를 불렀다. 폭력을 멈추어

달라, 동물들의 말을 들어보았나, 친구를 먹지 말라. 그
녀들은 우는 소 얼굴, 닭 얼굴, 돼지 얼굴. 나는 한 번 더
생각했다. 차르르. 차르르. 그녀들 사이에서 젤소미나가
작은북을 쳤다.

돼지

시집이 돼지 농장으로 갔다. 잠입. 잠입. 새벽이었다.
나는 미행안개모자를 썼다. 두 눈을 감은 채 눈동자를
굴렸다. 5,000여 마리의 돼지들이 서 있었다. 스툴에 한
마리씩 끼어서 꼼짝없이 비대해지고 있었다. 비대와 고
요. 더 계산된 스툴에 끼어서 어미 돼지가 새끼를 낳았
다. 잠입과 흔적. 시집은 발자국처럼 물을 남긴다. 꼬리
가 잘리기 전에 이빨이 뽑히기 전에 잡내가 잡히기 전
에 시집은 튀어라! 갓 태어난 돼지 세 마리를 안고, 시집
은 농장을 빠져나갔다. 달렸다. 이때 젤소미나가 작은북
을 치며 나타났다. 나는 달렸다. 미행모자가 벗겨졌다.
안개가 흩어지고 시집은 빠르고 나는 달렸다. 차르르.
차르르. 시집이 신나게 달렸다. 훔치기. 달렸다. 훼방. 해
방. 달렸다. 하지만 어느새 두 마리는 죽어 있었다. 오늘
의 구조도 실패. 하지만 한 마리는 살릴 수 있을까? 차

르르. 차르르. 젤소미나의 북소리가 커지고 시집과 나는
해변으로, 해변으로,

위장·31·15·32

위장

살색의 동그란 계란은 무엇을 위장하고 있는 걸까. 에티오피아에서 온 커피콩은 무엇을 위장하고 있는 걸까. 비 오면 내 발등을 퍼렇게 물들이는 구두는 어떤 위장이 탄로 난 걸까. 나는 시집을 안고 몸을 웅크렸다. 상처를 건드리면 위장의 꽃을 피우겠다!

31

그 작업장에서 시집은 찾을 수 없지. 시집은 속도와 싸우고 있거든. 움직이는 컨베이어 벨트 아래에서 석탄을 긁어내야 해. 아주 빠르게.

젤소미나가 죽은 해변은 여기서 멀지 않다. 바람이 가져오는 물기를 따라 걸으면 그 해변에 닿는다. 그곳에선 만날 수 있다. 죽어서 밀려오는 얼굴들과.

　시집은 안 좋은 꿈을 꾸었다. 죽은 사람이 찾아온 꿈. 시집은 꿈을 꾸고 취직을 했다. 위장 취업. 작업장으로 들어갈 땐 산 사람처럼 보이도록 했다. 작업장에서 나올 땐 석탄가루를 뒤집어쓴 얼굴이라 죽은 사람이라 해도 이상하지 않았다. 밥은 맛있게 남기지 않고 먹었다. 먹고 살기 위한 것을 드러냈다. 때론 무서움에 입이 벌어졌다. 가방 속에 들어 있는 컵라면은 들키고 싶지 않았다. 그건 위장할 수 없는 일이었다.

　2교대를 마친 아침. 바람과 물기를 따라 걸었다. 젤소미나가 죽은 해변에 닿았다. 시집은 그곳에서 기다렸다. 작은북이 울리고 파도와 함께 밀려오는 얼굴들을.

15

　차르르. 차르르. 작은북 소리. 젤소미나가 문을 여는 소리. 방금 일어선 다리와 방금 눈을 뜬 단어가 함께 오는 소리.

32

　마스크를 썼다. 위장을 하고, 나는 아직 발견되지 않았다. 거울 앞에서 내가 나의 상처를 건드렸다. 거울 속에 꽃이 한가득 피어났다.

서커스·33·34·35

서커스

줄 위에 누워 있다. 집 이야기이다. 내 몸 위로 모빌의
여자가 뜬다. 창밖에 달이 뜬다. 차르르. 차르르. 젤소미
나가 작은북을 친다. 차르르. 차르르. 달이 굴러서 집 안
으로 들어온다. 차르르. 차르르. 달이 모빌의 여자 치마
속으로 들어간다. 차르르. 차르르. 치마가 환하게 부풀
어 오른다.

33

당신이 누워 있는 줄에 대해 듣고 싶다. 아슬아슬한
집에 대해 듣고 싶다.

34

시집이 소녀상 옆에 앉는다. 치마가 되어 앉는다. 한

장 한 장 넘기는 치마. 제목이 붙고 차례가 달린 치마. 숫
자들이 행진하는 치마. 멜로디 치마. 몇몇 숫자들이 날
뛰는 치마. 상처를 드러내고 비명을 지르는 치마. 시집
은 구두를 신는다. 해변으로 갈 구두. 상처 난 몸 곳곳에
신는다. 골반에, 허벅지에, 발목에, 종아리에…… 구두
들이 뼈처럼 가시처럼 돋은 치마. 시집이 앉아 있다.

35

　당신을 만나러 서울에 갈 때, 나는 가는 길에 소녀상
에게 한번 가려고 한다. 그래서 길을 그린다. 서울역, 충
무로, 을지로, 종로, 안국…… 하지만 나는 시간이 없어
서 당신부터 만난다. 그러고는 당신과 헤어질 때, 또 가
는 길에 소녀상에게 한번 가려고 한다. 그래서 다시 길
을 그린다. 하지만 나는 또 너무 늦어서 그냥 지나간다.
당신에게선 계속 연락이 오고, 나는 계속 소녀상에게 가
는 길을 그린다. 길을 그린다.

고백·36·37

고백

시집이 사랑을 고백해주러 간다. 나는 시집을 미행했다. 시집이 사랑을 고백해주러 간다. 간다고 말한다. 귓가의 말을 미행했다. 예의와 긴장. 나는 시집에게 예의를 가르치지 않았는데, 긴장과 실패, 흔들리는 걸음걸이로 나는 시집을 미행했다. 시집이 사랑을 고백해주러 간다. 간다고 노래를 부른다. 멜로디를 미행했다. 젤소미나가 작은북을 치며 나타났다. 방금 도착한 다리. 다리를 미행했다. 구두와 행진을 미행했다. 시집이 사랑을 고백해주러 간다. 간단다. 4분의 3박자 간단다.

노을을 머리에 인 나무. 나무 아래에서 그림자들은 섞이고 끝이 없다. 시집과 너무 가벼운 모자, 시집과 미친 구두, 시집과 불타는 망토. 그림자를 미행했다.

36

서커스의 한 장면. 식사다. 시집은 구두를 먹기로 한
다. 구두와 당신 사이에 멀리 푸른색이 나타난다. 시집
은 구두를 집어든다. 물이 뚝뚝 떨어진다. 구두끈부터
먹는다. 아린 맛. 구두와 당신 사이에 멀리 푸른색이 나
타난다. 구두 안창을 먹는다. 쓴맛. 구두와 당신 사이에
멀리 푸른색이 나타난다. 구두 밑창과 뒷굽을 먹는다.
강한 독. 구두와 당신 사이에 멀리 푸른색이 나타난다.
구두가 시집 속으로 다 들어가고 시집과 당신 사이엔
해변.

37

당신에게 시집을 보낸 밤이에요.

당신은 모르는 밤이에요.

내가 잠든 밤과 당신이 잠든 밤

사이

해변이에요.

당신의 방에 시집이 놓여 있어요.

당신이 잠들자

시집 속에서 악기 그림자가 나와요.

악기 그림자가 벽에 비쳐요.

점점 커져요.

발들을 초대하고

악기 그림자가 떨기 시작해요.

당신에게 시집을 보낸 밤이에요.

당신은 모르는 밤이에요.

내가 잠든 밤과 당신이 잠든 밤

사이

해변이에요.

줄

비람에 한 빈 커지는 순간 떨어져 내리는 불방울이 있다. 눈빛과 발끝을 가진 아주 빠른 물, 시행. 서로를 알아본 순간으로 사랑을 끝내고 시행, 바람을 맞이하겠다. 시행, 뛰어내리겠다. 유리창엔 쓰는 여자가 비친다. 시행, 한 번에 끝낼 수 있는 줄을 가지겠다.

눈물·38

눈물

당신에게 시집을 보냈다.
날아가는 시집을 보려고
보려고 눈을 감았다.
눈을 감아도 환하다.
꽃들이 눈 안쪽에서 핀다.
핀다. 날아가는 시집을 위해
시행,
사랑에 빠지고 이럴 줄 알았지.
책이 날아왔다.
날아오는 사물을 확인하려고
책을 읽었다.
날개를 꺼내기 위해 책을 덮고
잠과 산책을 바꾸고

바꾸고
다가가면 날아가는 돌멩이를 향해
시행,
하루에 한 행씩 바람을 모으고
모르고 시와 뜰까.
다가가면 날아가는 나무를 향해
시행,
당신 앞에 시집이 뚝 떨어졌을까.
푸른 눈을 뜨고
꽃을 꺾어야지.
뚝.

38
차르르. 차르르. 젤소미나가 작은북을 친다.
다가가면 날아가는 해변으로, 해변으로,

39·40·41

39

시집을 미행했다. 축제를 벌이는 사람들 사이로 시집이 들어갔다. 웃음소리를 미행했다. 둥근 식탁들 사이를 시집이 돌아다녔다. 음식과 미로를 미행했다. 커다란 구멍 속으로 시집이 들어갔다. 집을 미행했다. 돼지우리 속이었다. 흰 돼지들이 바짝 붙어 있었다. 시집은 돼지들에게 붙었다. 흰색을 미행했다. 돼지와 그녀. 어느새 시집이 사라지고 그녀가 있었다. 나체인 그녀는 엎드려서 네 발로 걸었다. 돼지와 걸었다. 뒷다리와 뒷다리를 미행했다. 가슴과 가슴을 미행했다. 돼지와 시집. 어느새 그녀가 사라지고 시집이 있었다. 돼지들 사이에서 시집이 활짝 펼쳐졌다. 그 위로 젤소미나가 작은북을 치며 나타났다. 차르르. 차르르. The Pig That Therefore I Am. 낭송이 울렸다.

시집은 돼지처럼 침을 흘렸다. 돼지처럼 소변을 봤다. 시집처럼 그녀는 돼지와 식사를 했다. 돼지와 낮잠을 잤다. 이 모든 것이 그녀의 티브이었다. I Like Pigs and Pigs Like Me. 낭송이 울렸다.

40

'The Pig That Therefore I Am.'과 'I Like Pigs and Pigs Like Me.'는 김미루의 작품 제목이다. 시집과 나. 비행과 미행 사이에 그녀의 작품 사진과 퍼포먼스 내용을 끼워 넣었다.

41

무엇을 먹고 있는가. 무엇을 먹었는가. 무엇을 먹을 것인가. 그 무엇들이 냉장고에 가득 들어 있었다. 매일 냉장고에서 그것을 꺼내 먹었다. 조금씩 먹기도 하고 왕창 먹기도 했다. 냉장고가 텅 빌 때까지 먹었다. 냉장고가 텅 비면 그 냉장고와 한 이틀 지냈다. 하루는 냉장고에서 투명한 돼지 한 마리가 나왔다. 또 하루는 나무 한 그루가 튀어나왔다.

42·43·8

42

우유를 마시는 아침이다. 우유가 듬뿍 들어간 식빵을 먹는 아침이다. 시집은 비행을 나서며 나를 한 번 돌아보았다. 우유를 마시느라 식빵을 먹느라 나의 미행은 늦어졌다.

슈퍼 젖소가 탄생한 날이다. 시집은 유방을 구조하러 갔다. 슈퍼 유방. 너무 커서 바닥에 닿을 것 같은 유방. 젖소의 다리가 유방의 무게로 곧 꺾일 지경. 다리가 꺾이는 순간 사람들은 트랙터를 몰 것이다. 트랙터로 젖소를 끌고 갈 것이다. 목을 자르기 위해.

슈퍼 유방을 만들기 위해 그들은 젖소에게 평생 임신을 시켰고 평생 젖을 짰다. 200밀리리터 우유 72만 개를 생산하고 유방은 땅에 떨어졌다.

나의 미행은 풀밭에 머물렀다. 차르르. 차르르. 젤소

미나가 달려와 소식을 전했다. "시집은 웃통을 벗고 젖꼭지에 붉은 피를 칠했다." 멀리서 연기가 피어올랐다. 차르르. 차르르. 젤소미나가 다시 달려와 소식을 전했다. "시집은 유방을 구조했다." 바람에 한참 재가 날렸다. 차르르. 차르르. 젤소미나가 다시 달려와 소식을 전했다. "시집은 트랙터에 끌려갔다."

43

시집을 구조하러 갔다. 트랙터 자국을 따라서 갔다. 광화문 광장을 지날 때였다. 한 무리의 여자들이 웃옷을 벗고 젖가슴을 내놓고 있었다. 젖가슴엔 붉은 물감을 칠했다. 그녀들 사이에서 티브이가 켜졌다. 젖소들이 가득한 티브이. 우유 생산량을 맞추기 위해 어제 새끼를 낳았는데 오늘 또 임신해야 하는 악몽의 젖소들.

8

껑충 뛰는 거다. 태양이 비쳐도 비가 와도 언제나 너는 미친 소리를 지껄여라.

9·비행·44

9

젤소미나가 죽은 해변이다. 시집이 젤소미나를 이야기한다. 멜로디와 망토는 바닷물에 젖어서 해초 같았대. 멜로디와 중절모는 밤바다를 끌고 멀리 갔다가 돌아왔대. 멜로디와 구두는 끝없이 끝없이 걸었대.

비행

해변으로 고래가 죽어서 밀려왔다. 고래는 죽으면서 우리에게 할 말이 있었을 것이다. 그것을 듣기 위한 비행. 시집은 칼을 들었다. 고래의 배를 갈랐다. 시집은 삽을 들었다. 고래 속을 파고들었다. 고래 속은 어둡다. 조명을 비추어도 어둡다. 쓸 것이 많을 것이다. 여기는 우리의 사물들을 다 삼키고 다 썩어간다. 오래 쓸 수 있을 것이다.

44

돌아보면 사라지는 여자. 쓰레기 수거장에서 목격되는 여자. 따라가면 욕을 퍼붓는 여자. 인사를 하면 냄새를 풍기는 여자. 남편을 묻어놓았다는 여자의 집. 남편이 부러뜨린 자신의 발목도 묻어놓았다는 여자의 집. 여자의 집 앞으로 1톤 트럭을 몰고 사람들이 달려갔다. 사람들은 여자의 집에서 쓰레기를 하나하나 들어냈다. 남편을 묻었다는 이불도, 발목을 넣어두었다는 서랍도 들어냈다. 정말로 남편이 발견되는 게 아닐까. 을씨년스러운 가구를 들어냈다. 1톤 트럭에 가득 쓰레기가 쌓였다. 이제 곧 집에서 드러날 여자. 공중에 모빌로 떠오를 여자.

45

다가가면 날아가는 물을 향해 달렸다.

달렸다.

물은 날아갔다.

달렸다.

물은 날아갔다.

날았다.

다가가면 날아가는 물을 향해 날았다.

검은 씨앗 하나를 가지고 있었다.

유랑·나무

유랑

해변으로, 발과 머리에 서커스 꽃이 핀다.

나무

흐른다. 흐르다가 발이 생기면 언덕을 오른다. 흐르다가 머리가 생기면 꿈꾼다. 햇빛에 발을 잃는다. 바람에 머리를 잃는다. 흐른다. 흐른다. 흐르다가 발이 생기면 다시 언덕을 오른다. 흐르다가 머리가 생기면 다시 꿈꾼다. 햇빛과 바람. 흐르면 생기는 발. 흐르면 생기는 머리. 흐른다. 흐른다. 흐른다.

16·서커스·줄·줄·8

16

이것은 해변 이야기. 매 맞는 광대 젤소미나, 돈에 팔리고 사랑에 농락당하고 길가에 버려지고 마침내는 미쳐서 해변으로 가는 젤소미나, 미친 말을 지껄이는 젤소미나, 길을 노래하는 젤소미나, 멜로디 해변, 그곳의 예술가.

서커스

모빌의 여자가 물구나무를 선다. 나는 물구나무를 서서 티브이를 본다. 젤소미나가 작은북을 친다. 차르르. 차르르. 우리는 줄을 탄다. 멀리 흔들리는 해변으로, 흔들리는 줄을 탄다.

줄

햇빛과 구름과 바람과 줄을 탔다. 검은 새를 향해 검은 줄을 탔다. 날아야지. 줄을 탔다. 사뿐거린 순간 우리의 발끝은 타버렸다. 줄에 새가 매달려 있었다. 햇빛 속에 까만 새가 있었다. 구름과 가벼운 새가 있었다. 바람 속에 누운 새가 있었다. 그 새는, 그 새는, 그 새는…… 사람, 머리부터 발끝까지 까맣게 탄 사람, 전신주에 올라가 작업을 하던 전기공. 감전되는 순간 그의 머리카락에 불이 붙고 안전모가 아래로 떨어져 내렸다. 오늘 나의 머리 위.

줄

그가 어떻게 죽었는지만 이미지화하는 이 줄은 끔찍한 시다. 왜 죽었는지, 무엇이 그를 죽였는지는 시 바깥에 놓고 나는 줄 위의 죽은 시인으로 타오른다.

8

껑충 뛰는 거다. 태양이 비쳐도 비가 와도 언제나 너는 미친 소리를 지껄여라.

46 · 개 · 47

46
해변이 어느 쪽인지 모른다. 단지 걷는다.

개
개가 집을 나갔다. 여자가 집을 나가고 다음 날 개가 나갔다. 개는 길을 건너 산으로 들어갔다. 그 집의 남자는 개를 찾는다는 전단지를 아파트 단지 곳곳에 붙였다. 겨울이었다. 개는 배가 고프면 산에서 내려와 아파트 단지 안을 돌아다녔다. 그러다가 남자와 마주치면 도망쳤다. 나는 개밥을 곳곳에 놓아두고 때를 기다렸다. 도사렸다. 눈이 내렸다. 두 개의 눈빛이 반짝이는 순간 나는 개를 향해 달렸다. 개는 빠르게 달아났다. 눈이 내렸다. 아주 빠르게 개는 여자를 찾으러 다시 나타났다. 여자는 돌아오지 않고, 개는 매일 집을 버렸다.

47

매일 집을 버리는 일. 산책을 했다. 개를 생각하며 산
책을 했다. 해변이 어느 쪽인지 알 수 없었다. 단지 산책
의 길을 조금 늘렸다. 개가 들어간 산 주변을 걸었다. 걸
으면서 개를 불렀다. 후바. 후바아. 낯선 이름. 먼 나라에
서 태어나 불렸을 이름. 검고 덩치가 크며 길들여지지
않은 눈빛의 개. 그 개와 함께 먼 나라에서 왔다가, 살다
가 지금은 집을 나간 여자. 그리고 집을 버린 개.

마스크·48·49

마스크

지금의, 우리의, 놀이터의, 도로 위의, 전철 안의, 등 뒤의, 노을빛 속의,

폭력의 양상은 이렇다.

우선 마스크를 벗긴다.

주먹을 날린다.

발로 걷어찬다.

침을 뱉는다.

그런 뒤 고요히 마스크를 다시 씌운다.

48

버스가 달렸다. 한 사내가 기사에게 달려들어 마스크를 벗기고 주먹을 날렸다. 피가 튀었다. 사람들이 비명을 지르며 뒷문으로 빠져나갔다. 그가 쓰러진 기사를 발

로 걸어찼다. 피가 튀었다. 어느새 그 여자가 나타났다.
공중에 모빌로 뜨는 여자. 나의 집에 사는 모빌의 여자.
여기는 나의 집인가 봐. 나는 그녀 손을 잡았다. 내 몸이
공중으로 떠올랐다. 그가 기사의 얼굴에 침을 뱉었다.
버스 창문에 마스크가 다닥다닥 붙었다. 사람들이 버스
안을 들여다보고 있었다. 그는 기사의 얼굴에 마스크를
씌운 뒤 달아났다. 사람들이 하나둘 버스에서 떨어졌다.
버스가 달렸다. 기사가 운전대를 잡고 있었다. 나와 모
빌의 여자는 공중에 떠서 기사에게 다가갔다. 해변으로
가나요? 모빌의 여자가 물었다. 기사는 해변으로 간다
고 말했다. 마스크에 서서히 피가 번졌다. 멀리 집들이
당도하는 해변이 나타나고.

49
모르는 소녀였다.
놀이터에서 돌아오는 조용한 소녀였다.
우리는 함께 엘리베이터에 탔다.
운동화에 핏방울이 떨어져 있었는데
모르는 소녀였다.
마스크로 모든 것을 가린 소녀였다.

넘어진 것 같은 소녀였다.

넘어졌다고 우기는 소녀 같았다.

모빌의 여자가 공중에 나타났다.

여기는 나의 집인가 봐.

나는 벽을 만져보았다.

모빌의 여자가 소녀를 들여다보았다.

엄마.

소녀가 엄마를 불렀다.

응.

모빌의 여자가 대답했다.

소녀가 마스크를 벗었다.

코뼈가 부러지고

피가 가득 고인 입.

말하면 죽인댔어.

소녀는 다시 마스크를 썼다.

모빌의 여자가 소녀를 안았다.

소녀가 공중으로 떠오르고.

나의 집은 끝없이

문이 열리지 않았다.

5·50

5

안녕! 해변. 나는 예술가가 될 거야. 그러기 위해선 떠나야 하지. 주머니 속 물방울들을 하나씩 떨어뜨릴 거야. 눈을 크게 뜨고, 안녕? 해변. 길은 해변에서 해변으로 이어지지.

50

시집이 걷는다 지하도 걷는다 도랑 걷는다 딸과 엄마가 사는 집 걷는다 지하 주차장 걷는다 놀이터 걷는다 공중 화장실 걷는다 비상계단 걷는다 옥상 걷는다 로커룸 걷는다 기계실 걷는다 모텔 걷는다 걷는다 걷는다 당했던 장소들을 다 걷는다 그러고 나서 해변으로 간다.

시집이 해변을 걷는다. 밀려온지 모른다. 시집이 해변을 걷는다. 쓰러진지 모른다. 시집이 해변을 걷는다. 망

토와 해초와 걷는다. 중절모와 밤과 걷는다. 구두와 파
도와 걷는다.

51·서커스

51

해변으로 개가 죽어서 밀려왔다. 맞아 죽은 개. 개의
몸집만큼 해변이 검어졌다.

서커스

비행을 끝내고 시집은 물에 잠겼다.

비행을 시작하고 시집은 물망토에서 검은 등을 꺼
냈다.

비행을 끝내고 시집은 다시 물에 잠겼다.

비행을 시작하고 시집은 물모자에서 검은 머리를
꺼냈다.

비행을 끝내고 시집은 다시 물에 잠겼다.

비행을 시작하고 시집은 물구두에서 검은 발을 꺼
냈다.

　비행을 끝내고 시집은 다시 물에 잠겼다.

　비행을 시작하고 시집은 작은북을 쳤다. 검은 물이
뚝뚝 떨어졌다. 검은 개가 달렸다. 맞아 죽은 개. 달렸다.
해변을 끌고.

구름·52·53

구름

시집이 유방 촬영을 하러 갔다. 나는 미행의 다리를 움직였다. 여자들이 줄을 따라 걸었다. 줄을 미행했다. 웃옷을 벗고 속옷을 벗고 분홍색 검진복을 입었다. 분홍색을 미행했다. 분홍색을 벗고 시집은 유방을 내놓았다. 기계 앞에 섰다. 흰 손이 기계 속으로 유방을 밀어 넣었다. 유방을 얇게 펴서 누르기. 기계가 돌아가는 동안 시집은 숨을 정지시켰다. 다시 유방을 내놓고 기계 아래 누웠다. 초음파는 유방 속에서 구름을 꺼내나 봐. 오른쪽 구름과 왼쪽 구름. 그리고 또 다른 구름들. 여러 장의 구름 사진 속을 시집은 비행했다.

구름 속에는 줄이 있고, 젤소미나가 줄을 탄다. 구름 속에는 또 구름이 있고, 그 구름 속에도 줄이 있고, 젤소미나가 줄을 탄다. 구름 속에는 또 구름이 있고, 줄이 흐르고, 젤소미나들이 흐른다.

52

모빌의 여자가 햇빛 속에 떠 있다. 목 위에 달려 있던 악몽티브이는 바닥에 떨어졌다. 우리의 집은 꿈을 꾸고 있었다. 모빌의 여자 목 위에서 물티브이가 켜졌다. 밝은 물, 푸른 점들, 일렁임. 모빌의 여자는 가볍고, 젤소미나는 경쾌하고, 나는 나른하다. 우리는 물티브이를 본다. 어떤 해변을 본다.

53

유튜브를 켜고 여자들을 본다. 환자들. 그중에 암에 걸린 여자들. 3기, 4기, 말기의 여자들. 그녀들은 유방을 잘라낸 이야기도 하고 자궁을 떼어낸 이야기도 하고 난소가 임신 4개월의 배만큼 커진 이야기도 한다. 그녀들은 나름대로 유방과 자궁과 난소를 보여준다. 큰 암 덩어리, 작은 암 덩어리, 꽃, 나무, 강, 전이된 암 덩어리, 바람, 들판, 개, 엄마, 밥, 아지랑이, 구름, 노을, 단 한 번의 계절, 봄, 여름, 가을, 겨울, 해변, 해변, 해변, 해변,

아무것도 보여줄 수 없는 여자도 있다. 탐스러운 과

일도 은은한 조명도 소파도 찻잔도 집도, 어떤 말도 어
떤 문장도, 해변, 해변, 해변, 해변,

54·8·55

54

모빌의 여자가 떠 있는 밤. 악몽티브이가 켜진 우리의 밤. 음악이 흐르고 그 아이돌 여자 가수는 태어난다. 소녀다. 가슴이 없고, 야하며, 아찔하며, 아동이다. 그 아이돌 여자 가수는 성인이 되지 않는다. 스무 살에도 서른 살에도 아동으로 계속 태어난다. 팔린다, 판다, 우리는, 산다, 사고 만다, 자기도 모르는 사이에. 음악이 흐르고 룩 북의 여자들이 등장한다. 그녀들은 팬티와 브라만 입고 나와 옷 입는 과정을 보여준다. 그런 뒤 고스란히 옷 벗는 과정까지 보여준다. 치마, 블라우스, 속바지, 팬티스타킹…… 교복을 입고 교복을 벗는다. 아주 작은 아동복 입기 묘기를 보여준다.

8

껑충 뛰는 거다. 태양이 비쳐도 비가 와도 언제나 너
는 미친 소리를 지껄여라.

55

모빌의 여자가 바닥에 쓰러졌다. 악몽티브이가 바닥
에 떨어졌다. 악몽티브이는 아직 켜져 있고, 검다. 검은
물이다. 그 물속에서 소녀들이 비명을 지른다. 나와 젤
소미나는 그 물을 뒤졌다. 검은 물속에 두 손을 넣고 머
리를 넣고, 두 손을 휘저으며 두 눈을 바짝 떴다. 악몽티
브이 속에서 소녀들을 꺼내자. 꺼내자. 소녀들을 데려가
자. 데려가자. 해변으로. 해변으로.

56·57·서커스

56

집에 환하게 불을 켜는 일

그것은 서커스

쌀을 씻거나

감자의 껍질을 벗기거나

그릇들을 부딪치거나

그것은 서커스

집 밖으로 빛과 함께 음식 냄새를 풍기는 일

서커스

몸살을 지나는 세계

어둠이 칼처럼 몸을 조각조각 가져가고

한 조각 손이 깨어난 곳

낭떠러지

그곳에서 그리웠던 집

그 집을 위한 서커스

57

악몽이 손을 털어 가고 있었다. 손에 하얀 것을 쥐고
있었는데, 그것은 작은 아이 손 같기도 하고 어느 한 페
이지 같기도 했는데, 털리는 순간 구멍 난 손. 그 구멍 속
으로 문장들이 빠져나가고 단어들이 줄줄 새고, 커진 구
멍. 그 손으로 광대를 깨우는 일.

서커스

몸살을 앓으며 우리가 만나는 세계
몸들을 가져가는 전쟁이 여기저기서 터지고
손으로 두 눈을 가리는 대신
우리는 손을 잡는다
잡은 손을 놓치면 다 잃는 것
모래 위에 떨어진 두 마리 새
포개진 두 장의 나뭇잎
탱크가 지나간 자리에 죽은 두 사람
으깨진 두 개의 손
길 혹은 줄 위에서

당신과 내가 잡고 있는 것

그것을 위한 서커스

58·59·해변·60·61

58

한 명을 위한 식사. 또 한 명을 위한 식사. 또 한 명을 위한 식사. 식탁 위쪽 천장에 모빌의 여자가 떠 있다. 나와 젤소미나는 식탁에 마주 앉았다. 막 차려진 식사. 모빌의 여자 목 위에서 악몽티브이가 켜진다. 오늘의 뉴스가 흘러나온다. 오늘. 엄마는 불에 달군 젓가락으로 딸아이를 찔렀다. 악담과 함께 찔렀다. 오늘. 부부싸움을 하던 남편은 16층 창문 밖으로 반려견을 던졌다. 오늘. 죽은 아기를 낳은 소녀는 헌옷수거함에 아기를 버렸다.

59

이사와 밤. 밤과 이사. 중절모 쓰고 이동하기. 망토 두르고 떠나기. 구두 신고 헤어지기. 달 보며 걷기. 곧 넘어질 시간.

해변

악몽티브이가 모빌의 여자를 끌고 왔다. 모빌의 여자
는 악몽티브이에 머리채가 잡혀 끌려왔다. 잡혔던 머리
채가 해변 가득 물결을 일으킨다. 이 악몽엔 리듬이 없
어야 한다. 악몽티브이에서 노을이 흘러나온다. 부드럽
게, 리듬, 붉은, 노을이 모빌의 여자를 덮는다. 머리채가
확 타오른다.

60

나는 손끝부터 타오른다. 이 해변을 무엇이라고 쓸까.
무슨 평계를 대고 이 해변을 엎을까.

61

불에 달군 젓가락과 악담으로부터 도망친 소녀. 창문
을 열고 나가 지붕 위에 선 소녀. 죽어서 이불 속으로 들
어온 개. 여자와 뒹구는 개. 헌 옷을 입고 열일곱 살이 되
어보는 아기. 죽은 줄 모르는 아기.

겨울·62·63·64·비행·65·66

겨울

여섯 개의 모빌과 깨어난다. 낮이고 영하 15도의 한 파다. 난방이 되지 않는다. 보일러를 들여다본다. 여러 개의 호스와 밸브. 어떻게 손쓸 방법을 모르고 그냥 들여다본다. 그동안 여섯 개의 모빌은 차가워진다.

여섯 개의 거대한 물방울이 집 안에 떠 있다.

62

신축 공사 중이던 38층 아파트가 무너져 내렸다. 한쪽 외벽과 내부 공간이 모두 무너져 내렸다. 28층에서 일하던 사람 여섯 명이 사라졌다. 철근과 콘크리트 더미에 매몰되었다. 추가 붕괴 위험 때문에 구조엔 손을 못 쓰고 있었다.

63

여섯 개의 모빌과 깨어난다. 밤이고 눈발이 날린다. 구조 소식이 없다. 물을 끓인다. 뜨거운 물에 귤피를 우려낸다. 그동안 여섯 개의 모빌은 매몰된다. 철근과 콘크리트의 집에. 나의 집에.

64

여섯 개의 모빌과 깨어난다. 아침이다. 눈이 쌓인다. 하루가 지나고 여섯 개의 모빌은 하얗게 얼어 있다. 이 악몽티브이를 모빌의 여자는 목 위에 평생 달고 살겠구나. 눈이 쌓인다.

비행

시집이 떨어져 내린다. 38층에서 떨어져 내린다, 무너져 내린다, 날린다, 추락한다, 붕괴한다. 그리고 시집은 집으로 돌아오지 않는다.

나는 미행에 실패한다. 자고 일어나기를 반복한다. 집·구멍을 들여다보기만 한다.

65

여섯 개의 모빌과 깨어난다. 사흘째 한파다. 지하 1층에서 한 사람의 팔이 발견되었다는 소식이 들려왔다. 물을 끓이고 인스턴트 커피를 탄다. 냉동실에서 언 식빵을 꺼내 토스트기에 굽는다. 그동안 그 한 개의 팔이 모빌로 떠오른다.

66

집, 차갑다.

67·68·69·서커스

67

그녀는 당할 때 소리를 질렀어. 하지만 빈집 옆엔 빈
집 빈집 옆엔 빈집 빈집…… 그녀는 문을 닫고 이제는
소리를 지르지 않아. 밖으로 나가지 않아.

모빌의 여자가 그 여자 이야기를 시작했을 때 우리는
우리의 집을 치마처럼 펼쳤다. 그러자 그 여자의 집과
우리의 집이 겹쳐졌다. 그러니까 우리는 그 여자와 살았
다. 그러니까 우리는 절대 문을 열지 않았다. 불을 끄고
살았다. 잠만 자며 살았다. 먹지도 않았다. 먹을 수도 없
었다. 겨울만 계속 이어졌다. 영원히 쓰지 말자 했다. 밖
에서 누군가 문을 두드렸다. 우리는 죽은 척했다. 정말
죽은 게 아닐까. 모빌의 여자는 목이 꺾였고 젤소미나는
두 팔이 늘어졌다. 나는 영원히 쓰지 말자. 영원히! 그때
시집이 했다. 시집이 문 앞으로 가서 소리를 질렀다. 그

러자 문밖에서 누군가 돌아갔다. 그때부터 시집이 했다. 시집이 창문을 활짝 열었다. 시집이 세수를 하고 밖으로 나갔다. 햇볕을 쬐며 돌아다녔다. 시집이 했다. 꽃나무 아래에 고양이 사료도 부어주었다. 시집이 했다. 마트에서 식료품도 샀다. 시집이 했다. 집으로 돌아와 밥을 했다. 시집이 했다. 집에 환하게 불을 켜두었다. 그 새긴 시집을 모를 거다.

68

중학생 소녀 둘이 아파트 화단에 떨어져 죽었다. 둘은 친구였고 똑같이 성폭행을 당했다. 의붓아버지에게 당했다. 둘은 하나였다. 성폭행을 폭로하고는 더욱 하나가 되었다. 소녀들은 세상에 단 둘뿐이었다.

69

오늘의 뉴스는 오늘의 악몽티브이. 오늘의 분노도 오늘의 악몽티브이. 오늘의 무기력도 오늘의 악몽티브이. 오늘의 반복도 오늘의 악몽티브이. 오늘의 환멸도 오늘의 악몽티브이.

서커스

차르르. 차르르. 다 상한 시집을 데리고 젤소미나가 온다. 형체가 다 없어진 시집을 데리고 젤소미나가 온다. 화단으로부터, 콘크리트와 철근 더미로부터.

모빌·70·71

모빌

해변은 오는 것. 그녀는 해변을 기다린다. 목에 줄이 걸린 채. 줄을 풀어버리고도 공중에 뜬 채. 그녀는 해변을 기다린다. 양팔이 붙들리고 얼굴을 가격당한 후, 쓰러지자 머리를 발로 차인 후, 다리가 붙들려 질질 끌려간 후, 옷이 벗겨진 후, 어둠 속에서, 목에 줄이 걸린 채, 줄을 풀어버리고도 공중에 뜬 채. 발끝만이 부르는 노래. 해변은 오는 것. 그녀는 해변을 기다린다.

70

당신이 만든 모빌을 고백하라.

71

그녀에게 해변을 끌고 가겠다.

72·73·벽·74·75

72

줄을 탈 시간이야. 젤소미나가 말한다. 차르르. 차르르. 젤소미나가 작은북을 친다. 그동안 나는 산책을 한다.

73

시집이 산책을 한다. 아스팔트와 숲이 나란히 이어진 길. 끝은 해변이다. 시집은 젤소미나의 산책을 생각한다. 젤소미나도 해변을 향해 산책을 하고 있다. 다만 벽에 걸려 있다. 벽에 걸린 채 젤소미나는 시집의 산책을 생각한다. 이 서커스도 마음에 들어. 트럼펫 소리가 커지고 시집이 멜로디를 안고 집으로 돌아온다. 문이 열리고 파도 소리가 커지고 젤소미나가 사라진다. 젤소미나가 사라진 곳으로 시집이 들어간다. 이 서커스도 마음에 들어. 시집은 다만 벽에 걸려 있다.

벽

벽에서 해변 냄새가 난다. 벽에서 해변 소리가 들린다. 벽에서 해변의 달이 뜬다. 벽에서 해변의 그림자들이 피어난다.

74

시집과 나. 비행과 미행. 물과 공기. 비행을 모으고 모르고 뜰까. 미행을 모으고 모르게 흐를까.

75

달을 바라보는 시간. 공중에 뜨고, 서서히 사라지며, 물소리. 그건 집이다. 해변으로 흐르는 집.

76·77·78·아침·서커스

76

밀려왔다. 해변을 생각할 때 말들은 밀려왔다. 단지 밀려왔다.

77

길들일 수 없는 해변. 썰물. 말들은 가버린다.

78

안개로 덮여 있다. 해변이다. 해변이 아닐 수 있다. 눈이 내린다. 눈앞이 하얗다. 해변을 말할 수 없다. 눈이 그치고 안개가 걷히면 나는 줄 위에서 떨어진다.

아침

눈을 뜨자마자, 창밖에서 떨어지는 사물을 보았다. 그

사물은 한 장의 종이일 수 있고, 비닐봉지일 수 있고, 꽃
일 수 있고, 빵일 수 있고. 그러나 나는 그 사물이 시집이
라고 생각한다. 누군가 창밖으로 버린 시집. 나는 또 그
시집의 비행이 궁금해진다.

서커스

젤소미나가 줄을 탄다. 줄 위에 책상을 올려놓고 쓴
다. 뭐든 뭐든 떨어질 것이다.

집·13·5

집

영화 포스터 패널 하나를 들고 이사를 다녔다. 20년
이 넘도록 단지 그것뿐이었다. 그 영화 포스터 속에는
젤소미나가 산다. 나의 어릿광대 젤소미나. 얼굴에 눈물
방울을 그리고 웃는 젤소미나. 눈물방울을 위한 서커스,
우는 젤소미나. 그러나 버려지고 끝내는 미쳐서 해변으
로 간 젤소미나. 해변으로 가서 죽은 젤소미나. 그러나
지금 나와 살고 있는 젤소미나. 나의 집 이야기는 이것
이 전부다.

13

젤소미나가 작은북을 친다. 차르르. 차르르.

5

안녕! 해변. 나는 예술가가 될 거야. 그러기 위해선 떠나야 하지. 주머니 속 물방울들을 하나씩 떨어뜨릴 거야. 눈을 크게 뜨고, 안녕? 해변! 길은 해변에서 해변으로 이어지지.

제2부

·

연속과 포말

시집을 미행했다.

시집이 드레스데이지와 만났다.

그때부터 비행은 드레스의 일이었다.

드레스를 미행했다.

젤소미나는 나타나지 않고

북소리만 들렸다.

차르르. 차르르.

북소리를 미행했다.

—

물티브이 21개의 편집 의도

1. 이 해변.

2. 읽어라. 편집하라. 입어라. 드레스데이지는 말한다. 드레스 한 벌로 말한다.

3. 물티브이는 물로 맺혀 있다. 환하게 물이 켜진다.

4. 악몽의 물도 켜진다. 환한 악몽티브이.

5. 드레스데이지가 걸어간다. 드레스 한 벌로 걸어간다. 이 드레스의 모양, 크기, 색깔 등은 알 수 없다. 읽어야 한다. 읽으면 희미하게나마 보인다.

6. 물방울 21개.

7. 누구에게라도 물 한 벌의 드레스.

8. 편집 의도만 있다. 그런 것이 있다.

9. 온종일 악몽티브이에 몸이 눌려 있다. 책상 앞에 앉아도, 산책을 해도, 잠을 자도 악몽티브이는 꺼지지 않는다.

10. 그녀는 벗고 티브이 속으로 들어간다. 혹은 맞아 죽는다. 그녀는 티브이 속에서 더 벗고 더 티브이 속으로 들어간다. 혹은 맞아 죽는다. 계속 더 벗고, 계속 티브이 속으로 들어간다. 혹은 맞아 죽는다.

11. 아무도 만나러 나가지 않는 외투가 있다. 나가려고 외투를 입으면 외투 한가운데에 악몽티브이가 켜진다. 만나서 나의 악몽티브이를 봐 줄 사람이 있을까?

12. 그가 아이를 어떻게 때려 죽였는지 설명해주는 티브이. 그들이 아이를 어떻게 학대했는지 모자이크 처리해서 보여주는 티브이. 우리들의 저녁이나 여덟 시,

아홉 시 티브이.

13. 읽어라. 저녁.

14. 그는 집 안 곳곳에 폐쇄 회로 티브이를 설치했다. 그 티브이 속에 아내와 다섯 살 난 아이를 가두었다. 그리고 긴 몽둥이를 감추었다.

15. 드레스데이지는 물티브이 21개로 드레스를 만든다.

16. 모래 위에 악몽들이 발자국처럼 가득 놓여 있다.

17. 물티브이 하나를 작은북처럼 칠 수 있다.

18. 편집하라. 드레스 한 조각, 한 조각, 한 조각.

19. 드레스를 입기로 한다. 물티브이 21개의 드레스. 그것을 입고 밖으로 나갈 것이다.

20. 드레스데이지가 흐른다. 드레스 한 벌로 흐른다.

21. 이 해변.

　1. 여자 둘이 잠잔다. 추운 몸이다. 여자1이 여자2에게 모자를 벗어 씌워준다. 잠잔다. 여자2가 여자1에게 모자를 벗어 씌워준다. 잠잔다. 계속 서로에게 모자를 벗어 씌워준다. 여자1은 여자2가 드레스데이지라고 생각한다. 여자2는 여자1이 드레스데이지라고 생각한다. 우리 얼어 죽지 말자! 다음 문장을 쓰겠다는 다짐이 그랬다.

　2. 헤어진 남자로부터 한번 만나자는 연락이 왔다. 나는 아직 완성되지 않은 드레스를 입고 나갔다. 악몽티브이 하나가 켜진 드레스.

　3. 그녀는 끌려갔다. 자기의 집으로 끌려갔다. 그가 그녀를 끌고 갔다. 몇 줄 시와 물속을 지나는 눈동자의

집. 그녀의 집. 악몽티브이가 켜지고 그가 그녀의 집에
불을 질렀다.

  4. 몇 줄. 그곳엔 드레스데이지가 찾아오지. 드레스
한 조각을 찾으러 오지. 부드러운 한 조각.

  5. 그녀는 살해되고 사라졌다. 얼음장 위에 물방울이
떨어지고 물티브이가 켜졌다. 그녀의 구두를 찾았다. 꽃
들 사이로 물줄기가 흐르고 물티브이가 켜졌다. 그녀의
리본을 찾았다. 강물이 넘치고 물티브이가 켜졌다. 그녀
의 알몸을 찾았다. 그녀가 구두를 신는 동안, 리본을 묶
는 동안 물티브이 21개를 편집하라.

  6. 이 해변. 헤어지자는 눈동자의 해변.

  7. 그는 여자 친구가 헤어지자고 말하자 그녀의 집에
침입, 입에 칼을 들이대고 말했다. "말을 똑바로 안 하면
혀를 잘라버린다."

  8. 악몽티브이 21개.

9. 엘리베이터 폐쇄 회로 티브이 속에서 한 남자가 여자를 들어서 안고 있다. 여자의 두 팔은 축 늘어져 있다. 사실 그는 죽어가는 여자를 끌고 가는 것이다. 헤어지자는 여자를 끝내 놓아주지 않는 것이다.

10. 3개월 사권 여자의 집으로 그가 들어갔다. 그를 피하다가 그녀는 아파트 10층에서 떨어졌다. 그러자 그는 1층으로 내려가 화단에 떨어진 그녀를 안고 엘리베이터에 탔다. 그러고는 다시 그녀의 집으로 갔다.

11. 뉴스 기사를 그대로 옮겼는데 시처럼 보여서 악몽이다.

12. 시집이 되자. 비행을 저지르는 시집이 되자.

13. 이 해변. 헤어지자는 입의 해변.

14. 나는 드레스를 입고 그를 만나러 갔다. 왜 맨발로 나왔냐고 그가 물었다. 헤어진 애인이 또 찾아왔다고, 나는 말이 터지지 않고, 물티브이가 켜졌다. 왜 얼굴이

백골이냐고 그가 물었다. 몇 줄, 집에는 시가 있다고, 물티브이가 켜졌다. 왜 나를 못 알아보냐고 그가 물었다. 돌아갈 수 없다고, 물티브이가 켜졌다.

15. 내 꿈속으로 드레스데이지가 찾아왔다. 드레스 한 조각을 찾으러 왔다. 내 꿈속을 드레스데이지가 휘젓고 다녔다. 정신없는 여자가 나와서 아주 정신없는 꿈속에 내가 있었다.

16. 그녀는 한쪽 다리로만 발견되었다. 다리는 절단되어 있었고 구더기가 들끓었다. 한여름 풀밭이었다.

17. 내 한쪽 다리에서 악몽티브이가 켜졌다. 구더기가 들끓는 다리. 나는 그 다리로 걸어보았다.

18. 이 해변. 헤어지자는 다리의 해변.

19. 물티브이 21개는 드레스 파도를 이룬다.

20. 오늘의 드레스 파도는 고요한 물티브이 2개와 비

명을 지르는 물티브이 3개의 간격, 솟구치는 물티브이
5개와 가라앉는 물티브이 11개의 배열.

21. 입어라. 해변, 해변, 해변.

1. 모두 티브이를 본다. 모두 디브이 속으로 들어간
다. 모두 티브이가 된다. 모두 티브이가 되어 살아간다.
모두 티브이로 죽어간다.

2. 티브이 속에서 빠져나가는 서커스를 펼쳐 보이겠다.

3. 편집하라. 마음에 드는 21개, 손끝에 닿는 21개,
마구 21개, 간신히 21개, 말이 안 되는 21개, 끔찍함 21
개, 분노 21개, 경련 21개, 권태 21개, 연인 21개, 집필
의도 21개, 가벼움 21개, ……

4. 이 해변. 드레스데이지가 걸어간다. 변명 21개를
끌고 걸어간다.

5. 이 해변. 폭염이다.

6. 이 해변. 그녀는 쓰러질 것이다.

7. 러시아군은 우크라이나 키이우 북서쪽 부차를 점령하고 민간인들을 학살했다. 길과 구덩이에서 시신들이 발견되었다. 여자 시신들은 나체였다.

8. 물방울 21개로 저항하겠다.

9. 내 몸이 전쟁을 앓는다. 한쪽 눈에 악몽티브이가 박힌다. 다른 한쪽 눈으로 그 티브이를 본다. 한쪽 옆구리에 악몽티브이가 박힌다. 몸을 구부리고 그 티브이를 본다.

10. 러시아 군인들은 부차에서 철수하며 우크라이나 어린이들을 인질로 삼아 군용 트럭에 태웠다. 그런 뒤 그 트럭을 탱크 앞에 배치했다.

11. 드레스 한 벌로 막아서겠다.

12. 여행 가방은 꿈틀거렸을 것이다. 그 장면만으로 악몽티브이는 완성되고 꺼지지 않는다. 그녀는 네 살 아이를 여행 가방 속에 두 시간 동안 가두어 놓았다. 아이는 죽었다. 그녀는 여행 가방 속에서 아무것도 꺼내지 못했다.

13. 이 해변. 우리는 쓰러졌다.

14. 뉴스 속 끔찍한 사건을 옮겨서 썼는데 끔찍하지 않아서 끔찍하다.

15. 꿈속에서 악몽티브이를 본다. 악몽티브이 속에는 내가 있고 꿈틀거리는 여행 가방이 있다. 단지 꿈이라고 생각한다.

16. 드레스데이지가 걸어간다. 드레스에서 물티브이 21개가 켜진다. 물티브이 속에서 달이 뜬다. 달 21개.

17. 이 해변. 멜로디 21개.

18. 이 해변. 비명 21개.

19. 물속에 악몽티브이가 켜져 있다. 그 옆에는 이제 막 잠에서 깨려는 아이가 있다. 물을 쓰고 악몽티브이를 끄기로 한다. 물을 쓰고 실패한다. 그러면 물을 쓰고 악몽티브이를 물 밖으로 옮기기로 한다. 물을 쓰고 실패한다.

20. 아름다운 드레스 한 벌로 해변을 덮겠다.

21. 입어라. 실패, 실패, 실패.

1. 나도 느레스데이시가 될래요. 21개 조각을 찾고, 만나고, 잇고, 푹 빠져서 드레스데이지가 될래요.

2. 악몽의 도시. 거대한 물티브이 드레스로 걷자.

3. 당신이 앉아 있는 창가. 유리에 흐르는 물기는 나의 드레스.

4. 수풀 속에서 악몽티브이가 켜졌다. 그녀는 알몸의 시신으로 발견되었다. 손끝이 모두 잘린 채였다. 그 끝에서 구더기가 들끓었다.

5. 구더기—손으로 해변을 써보았다.

6. 집에 들어가자 모르는 남자가 있었다. 그녀는 비명을 질렀다. 하지만 볼륨이 없는 티브이다. 그가 그녀의 입을 막기 위해 오디오를 켰다. 쇼팽의 야상곡이 흐르는 동안 그녀는 폭행을 당했다. 피아노 소리도 맞는 소리도 나지 않는 조용한 티브이다. 그녀의 두 손은 그 피아노 곡을 전부 들었다.

7. 방 안은 점점 온도가 올라갔다. 창문이 점점 작아지고 있었다. 열지 않는다면 창문은 사라질 것이다. 그가 창문을 여는 사이 그녀는 도망쳤다. 문과 복도와 계단과 계속 문과 복도와 계단과 계속 문과 복도와 계단과…… 그녀는 그에게 머리채가 잡혀 다시 방으로 끌려갔다. 감금과 피아노와 점점 올라가는 온도와 더 세질 폭행과 여름밤과 티브이의 방.

8. 모두가 동영상을 보고 있다. 더 세질 폭행과 여름밤과 티브이의 방.

9. 드레스데이지는 흘러내린다. 드레스 한 벌로 흘러내린다. 이 해변.

10. 무엇이든 쓸 수 있을 때 구더기―손이 켜졌다. 꼭 써야 할 때 구더기―손이 켜졌다. 쓰는 것밖에 할 수 없을 때 구더기―손이 켜졌다.

11. 편집하라. 손, 손, 손.

12. 저녁이면 뉴스를 본다. 밥을 하며 뉴스를 본다. 밥을 먹으며 뉴스를 본다. 설거지를 하며 뉴스를 본다. 뉴스는 매일 이어진다. 이게 꿈이 아닐까. 전부 사람 이야기인데, 살해, 강간, 폭행에 대한 서술이 끝없이 이어진다. 점점 더 끔찍해지며 이어진다.

13. 그녀는 지적 장애를 가진 여자였다. 그들은 그녀와 동거를 했다. 그들은 돌아가면서 그녀를 때렸다. 요리를 못한다고 때렸다. 노래를 못 부른다고 때렸다. 어둡다고 때렸다. 숨소리가 크다고 때렸다. 그들은 그녀를 티브이 속에 집어넣고 때렸다. 그런 뒤 그녀가 나오는 티브이를 보았다.

14. 이 해변. 드레스데이지가 펄쩍 뛴다. 드레스 한 벌

로 펄쩍 뛴다.

15. 비약하는 물방울 21개.

16. 드레스 파도다. 모든 것을 뒤엎는 드레스 파도다.

17. 소년은 벽에 비친 그림자를 보았다. 칼이 움직이고 있었다. 엄마가 칼을 들고 잠든 모든 것을 찌르고 있었다. 소년은 아빠의 손을 놓쳤다. 동생의 손도 놓쳤다. 소년은 잠들지 않으려고 벽에 머리를 부딪쳤다.

18. 악몽티브이를 머리에 달고 사는 여자. 어지러운 여자. 악몽티브이 속으로 들어가는 여자. 그 속에 들어간 줄 모르는 여자. 악몽을 똑같이 재현하는 여자. 피를 뿌리고 피를 닦는 여자. 훼손한 시신을 조각조각 버리는 여자. 티브이 속에서 문득 우리를 바라보는 여자.

19. 드레스데이지가 걸어간다. 검은 드레스 한 벌로 걸어간다. 이 해변.

20. 나는 해변에 누워 있다. 눈을 감자 검은 드레스가 눈을 밟고 지나간다.

21. 아무것도 보이지 않는 검은 해변.

1. 공사 중이던 38층 아파트가 무너져 내렸다. 28층에서 일하던 사람 여섯 명이 사라졌다. 14일 만에 한 명이 시신으로 수습되었다. "이 악몽티브이를 모빌의 여자는 목 위에 평생 달고 살겠구나"라고 썼던 문장은 과장되었다. 시간이 흐르는 동안 악몽은 무뎌졌다.

2. 오늘. 플라스틱 재활용 공장에선 압출기에 사람이 빨려 들어가 죽었다. 오늘. 조선소에선 철판과 기둥 사이에 사람이 끼어서 죽었다. 오늘. 채석장에선 돌 더미에 세 사람이 매몰되어 죽었다.

3. 읽어라. 밤, 밤, 밤.

4. 편집하라. 밤, 밤, 밤.

5. 입어라. 밤, 밤, 밤.

6. 어둠을 어둡게 묘사하는 밤이다. 미화된 밤이다. 나는 드레스를 입었다. 축 늘어진 그물, 드레스. 아침이 오면 드레스를 입고 밖으로 나갈 것이다. 그물망 사이로 속살이 다 비칠 것이다. 그래도 싸다. 온갖 창피를 다 당할 것이다.

7. 악몽티브이는 더 나빠진다. 우리의 목 위에 매달리기 위해 더 나빠진다.

8. 나도 드레스데이지가 될래요. 악몽을 쓰고 쓰러지는 드레스가 될래요.

9. 당신과 나 사이의 물티브이예요. 당신이 켜고 내가 보는 물티브이. 내가 켜고 당신이 보는 물티브이. 당신과 나는 하나의 드레스를 입고 있어요.

10. 길고양이를 위한 집을 만들었다. 집 속엔 사료를 한 그릇 담아 놓고 물을 한 그릇 떠놓았다. 그 집을 만드

느라 며칠이 걸렸다. 그 집을 어디에 가져다 놓을까 고민하느라 며칠이 지났다. 떠놓은 물이 다 말랐다.

11. 물방울 21개. 누구도 구하지 못하고 증발한다.

12. 애매한 곳에 물티브이를 켜둔다. 쓰고 빠지는 곳에 물티브이를 켜둔다.

13. 물티브이 안에 한 남자가 있다. 남자는 작은 창문으로 밖을 내다본다. 그 창문으로 숨을 쉰다. 그러면 나는 물티브이—창문을 만드느라 분주하다.

14. 물티브이 안에는 시를 쓰는 소녀가 있다. 소녀는 시로 숨을 쉬고 있다. 나는 물티브이—시를 어떻게 써야 할지 몰라 쩔쩔맨다.

15. 광대의 줄 21개.

16. 편집하라. 시, 시, 시.

17. 이 해변. 드레스데이지가 레퀴엠을 만든다. 드레스 한 벌의 레퀴엠을 만든다.

18. 나도 드레스데이지가 될래요. 다시 일어서는 드레스가 될래요.

19. 물티브이 속에는 삽을 든 여자가 있다. 당장 무엇이라도 파서 엎겠다는 표정이다. 나는 물티브이 속으로 들어가 그 여자 옆에 섰다. 나도 그 여자의 기세로 삽을 들었다. 그러니까 그 삽 같은 무엇을.

20. 반짝이는 물방울 21개.

21. 물티브이 2개를 모았다. 물티브이와 물티브이 사이에 구덩이가 생겼다. 구덩이가 깊어서 한참을 들여다보았다. 구덩이가 점점 넓어져서 내 발끝에 닿았다. 나는 펄쩍 뛰었다. 물티브이에서 물티브이로 뛰었다. 구덩이에 빠지지 않기 위해 다시 물티브이에서 물티브이로 뛰었다.

1. 편집하라. 혼자, 혼자, 혼자.

2. 나의 물티브이―나무. 말이 없고 푸르다.

3. 나의 물티브이―새. 날 수 없다.

4. 물티브이 속에는 치매를 앓는 노파가 있다. 나는 그 물티브이 21개로 드레스를 만들었다. 그 드레스를 입고 걸어갔다. 길을 잃었다.

5. 나는 물티브이―애인.

6. 뜬구름. 드레스데이지가 떠오른다. 이 해변.

7. 물티브이—나무 21개로 드레스를 만들었다. 벽에 드레스를 걸었다. 그 드레스 속으로 들어갔다. 나의 작은 숲속.

8. 창가에 앉아 있다. 물티브이—노을. 드레스에서 붉은 음악이 쏟아진다.

9. 언어라는 발끝이 닿는 곳, 낭떠러지. 물티브이— 낭떠러지 드레스를 입고 뛰어내린다, 뛰어내린다, 뛰어내린다. 이 해변.

10. 나는 드레스데이지가 되어 천막 안으로 들어갔다. 여자가 매 맞는 곰이 되어 서커스를 끝낸 천막이다. 나는 서커스를 시작했다. 드레스를 펼쳤다. 빙빙 돌았다. 훨훨 날아올랐다. 활활 타올랐다.

11. 물티브이—달. 드레스데이지가 발끝으로 굴리는 달. 드레스 속에서 도는 달. 물구나무를 서자 달이 공중으로 뜨고, 드레스데이지는 드레스 속에 파묻혔다. 고백으로 던진 달.

12. 물티브이—베개를 베고 잠을 잔다. 물 위에 뜨는 말의 깃털들. 이 해변.

13. 가벼운 유희. 혹은 무거운 유희.

14. 나의 여성에게 유희라는 이름을 붙여주었다.

15. 물티브이—우울. 끔찍한 것을 끔찍하게 쓸 수밖에 없다.

16. 악몽티브이—우울. 끔찍한 것을 끔찍하게 썼는데 끔찍하지 않다.

17. 녹아내리는 물티브이—눈송이 드레스.

18. 오늘의 드레스 파도는 새가 죽은 창문. 죽은 새가 흔든 창문.

19. 드레스데이지가 걸어간다. 드레스는 텅 비었다. 이 해변.

20. 물티브이—귀 드레스, 산책, 새소리 듣기, 날 수 없는 새들의 말, 듣기—드레스.

21. 드레스를 입고 책상 앞에 앉아서 쓴다. 드레스가 빛나는 동안 쓴다. 드레스가 부풀어 오르며 쓴다. 드레스가 오그라들며 쓴다. 드레스가 갑자기 타오르며 쓴다. 드레스가 마지막이며 쓴다.

1. 물에 뜬 모자.

2. 해열제.

3. 스친 사람.

4. 설탕을 바닥에 흘린 후.

5. 자전거와 시집과 걷기.

6. 이사 계획.

7. 주머니 속 물방울 21개.

8. 바흐 평균율 한 시간 20분 40초.

9. 강아지와 산책을 하다가 내가 나무 뒤에서 사라질 때.

10. 꽃.

11. 봄에 입을 외투에 대한 생각.

12. 나의 관 속엔 수의 대신 예쁜 종이.

13. 시.

14. 코로나 증세.

15. 잠 속의 물.

16. 격리.

17. 전쟁 소식.

18. 잃어버린 물방울.

19. 달밤.

20. 창밖에 서 있는 푸른 드레스.

21. 이 해변.

1.

2.

3.

4.

5.

6.

7.

8.

9.

10.

11.

12.

13.

14.

15.

16.

17.

18.

19.

20.

21.

1. 당신과 나는 철썩 만난다. 내가 쓴 해변과 당신이
쓴 해변. 파도다.

2. 우리는 함께 검은 해변을 걷는다.

3. 소음은 악몽을 켜고 악몽은 소음을 켰다. 악몽티브
이—아파트 속에는 불을 지르고 칼을 든 사람이 서 있
었다. 불타는 복도와 구조가 있었다. 나의 집이 있었다.

4. 악몽티브이—랩. 아이들이 티브이 속에서 랩을 했
다. 동영상을 찍으며 랩을 했다. 동영상 내용으로 가사
와 리듬을 만들었다. 동영상 속에는 한 아이가 있었다.
또래 아이들에게 욕조에서 물고문을 당하는 아이가 있
었다.

5. 드레스데이지가 드레스를 갈기갈기 찢는다. 이 해변.

6. 그녀는 악몽티브이를 머리에 달고 주방에 있었다. 아이들이 뛰어다녔다. 악몽티브이가 소리를 질렀다. 아이들은 사라졌디. 그녀는 냄비를 끓였다. 아이들이 보자기를 쓰고 나타났다. 악몽티브이는 아이들에게 끓는 냄비를 던졌다. 아이들은 다시는 나타나지 않기로 했다. 밤이 되고 보자기만 잠이 들었다. 그가 집으로 왔다. 그는 발로 보자기를 툭툭 건드렸다. 그의 머리에도 악몽티브이가 달려 있었다.

7. 악몽 속에서 티브이가 된다. 조용히 티브이가 된다. 뒤를 밟으며 티브이가 된다. 따라 들어가며 티브이가 된다. 화장실 물과 함께 티브이가 된다. 침대 위로 올라가 티브이가 된다. 옷을 벗기며 티브이가 된다. 몰래 티브이가 된다.

8. 그녀는 매일 티브이 속을 달렸다. 티브이에서 티브

이로 퍼지는 영상을 쫓아서 달렸다. 쫓아가서 너덜너덜 해진 자신의 알몸을 안았다. 오늘 그리고 밤. 안아도 안아도 다시 퍼지는 알몸. 누군가 깊숙이 퍼뜨리는 알몸.

9. 악몽티브이—다리. 구두 속에 자갈돌을 집어넣었다. 스타킹 속에 아령을 집어넣었다. 치마 속에 골프채를 집어넣었다. 물속에서 건진 다리가 그랬다. 실종된 그녀의 다리를 찾았을 때 물속이 그랬다.

10. 그녀는 전쟁 영화를 보다가 티브이 앞에 무릎 꿇고 빌었다. 살려달라고 빌었다.

11. 우리 모두의 질병과 트라우마와 우울. 이 해변.

12. 그들은 하체가 마비된 인형을 가지고 놀았다. 인형은 깨어나면 여자가 된다. 옆집 소녀 혹은 지나가는 젊은 여자 혹은 할머니. 그들은 인형이 깨어나지 못하도록 여자의 목을 졸랐다.

13. 검은 날씨. 고양이 사료를 가방에 넣고 전철을 탈

때. 그 날씨. 고양이에게 가는 시간. 그 날씨. 죽은 고양이와 지킬 수 없는 약속. 그 날씨. 가방에서 사료 냄새가 진동하고. 그 날씨.

14. 전철역마다 그 청년이 서 있다. 9-4번 승강장 스크린 도어 검수를 마치고 다음 명령이 떨어진 정거장까지 10분 안에 달려가야 하는 열아홉 살 청년.

15. 나의 고향 태안엔 아름다운 해변이 있다. 나의 고향 태안엔 화력발전소도 있다. 가까이 가보지 않은 화력발전소가 있다. 연기 나오는 화력발전소 굴뚝을 한 번도 본 적 없는 내가 있다. 그런데 석탄을 뒤집어쓴 새가 거기서 날아온다. 죽어서 날아온다.

16. 악몽티브이―사무실. 그가 왜 벽에 걸린 선풍기 속으로 들어갔는지 아무도 모른다. 선풍기가 돌아가면서 그의 그림자를 조각조각 날렸는데, 아무도 모른다. 새 한 마리가 선풍기에 끼었던 것 같다고 그들은 진술했다. 하마터면 불이 날 뻔했다고.

17. 악몽티브이—변기. 아이들이 한 아이를 끌고 간다. 화장실로 끌고 간다. 가슴을 툭툭 건드린다. 툭툭 때린다. 변기가 되도록 툭툭 가격한다. 변기가 되어 툭툭 살해한다.

18. 악몽티브이—쇠망치. 부검 결과 쇠망치를 이야기할 수 있다.

19. 전쟁의 남편은 나의 코를 도려냈다. 전쟁의 시부모는 내 귀를 잘라냈다. 전쟁의 엄마는 여섯 살 나를 시집보냈다. 전쟁의 아빠는 내 눈알을 팔아버렸다. 전쟁의 삼촌은 학교에 가겠다는 내 이마에 총을 쏘았다.

20. 한 포털 사이트에 '헤어지자는 여자'를 검색하면 '헤어지자는 여자를 어떻게 해야 할까요?'라는 제목이 뜨고 233명의 살해된 여자가 기사로 뜬다.

21. 주머니 속에 있던 물방울들을 모두 잃어버렸다. 뒤를 돌아보았다. 이 해변.

1. 구덩이에 빠진다. 구덩이에 빠져서 구덩이만 쓴다.

2. 어딘지 모르겠다. 이 해변.

3. 단지 누워 있다. 이 해변.

4. 물티브이―리듬. 창밖에 작은북이 떠 있다.

5. 방 안에서 물방울들이 점점 커진다.

6. 내 몸은 뒤틀린다. 몸 곳곳에 악몽티브이가 박혀
있다.

7. 물티브이―꽃. 소아마비에 진통 효과가 있다는 그

꽃을 씹는다.

8. 제1의 당신은 물티브이 21개로 드레스를 만든다.
제2의 당신도 물티브이 21개로 드레스를 만든다. 제3의
당신도, 제4의 당신도 그렇게 드레스를 만든다. 제5의
당신과 제6의 당신도 그렇게 나란하다. 제7의 당신과
제8의 당신도 그렇게 출렁인다.

9. 부드러운 줄.

10. 창가에 내려앉은 눈송이들.

11. 녹는 시간.

12. 그녀는 점을 더듬어서 물티브이를 본다. 끔찍한
악몽티브이에 손끝이 얼어붙기도한다. 그녀는 세상의
모든 점들을 더듬어볼 작정이다. 어떤 점들의 배열로
하루를 살기 위해.

13. 악몽티브이 속에는 방이 있다. 그 방에는 내가 누

위 있다. 내가 누워 있는 방에는 또 악몽티브이가 있다. 그 악몽티브이 속에도 방이 있고 그 방에도 내가 누워 있다. 빠져나갈 수 없다.

14. 소스라치고 까먹는다. 분노하고 까먹는다. 환멸을 느끼고 까먹는다. 우울하고 까먹는다. 기억하고 까먹는다. 아프고 까먹는다. 울고 까먹는다. 비명을 지르고 까먹는다. 자괴하고 까먹는다. 먹고 까먹는다. 자고 까먹는다. 쓰고 까먹는다. 쓰지 않고 까먹는다.

15. 물티브이—권태. 죽겠을 만큼 길다. 그게 그것같이 똑같다. 계속이다. 어둡다. 계속 어둡다. 짖는다. 어쩌라는 것인가. 계속 짖는다. 늘어진다. 썩는다. 흔들린다. 계속 흔들린다.

16. 물티브이—밤. 구덩이가 얇게 펼쳐진다.

17. 차르르. 차르르. 물소리.

18. 밤하늘엔 작은북과 물방울 21개가 뜬다.

19. 이 해변.

20. 읽어라. 편집하라. 입어라. 사라지는 드레스 속에서 드레스데이지가 말한다.

21. 지금. 시집에서 빠져나온 여자가, 시집에서 한 페이지도 얻지 못했던 여자가, 주변을 맴도는 방식으로 시집에 존재했던 여자가, 시집 이후의 문장을 방해할 여자가 나에게 왔다. 환영이다!

시인의 말

줄 위다.

바람 속 줄 위다.

나아가는 순간 떨어지는

줄 위다.

폐허.

줄 위다.

악몽과 사람들.

줄 위다.

쓰러지고 줄 위다.

다시 일어서도 줄 위다.

꿈꾸면 줄 위다.

발과 머리에 서커스 꽃이 핀다.

줄 위다.

달빛.

줄 위다.

사랑하고 줄 위다.

헤어지다.

줄 위다.

바람이 가져가는 물.

줄 위다.

신영배 시인이
펴낸 책들

• 시집
『기억이동장치』, 열림원, 2006.
『오후 여섯 시에 나는 가장 길어진다』, 문학과지성사, 2009.
『물속의 피아노』, 문학과지성사, 2013.
『그 숲에서 당신을 만날까』, 문학과지성사, 2017.
『물모자를 선물할게요』, 현대문학, 2020.
『물안경 달밤』, 문학과지성사, 2020.

• 산문집
『물사물 생활자』, 발견, 2019.

젤소미나가 사는 십

신영배 시집

발행일   2022년 8월 17일
발행인   이인성
발행처   사단법인 문학실험실
등록일   2015년 5월 14일
등록번호 제300-2015-85호

주소   서울 종로구 혜화로 47 한려빌딩 302호
전화   02-765-9682
팩스   02-766-9682
전자우편 munhak@silhum.or.kr
홈페이지 www.silhum.or.kr

디자인   김은희
인쇄   아르텍

이 작품집은 서울문화재단 2022년 예술창작활동지원사업(문학 분야)의 지원을 받아 출간되었습니다.